皮皮和爺爺

Lucy Kincaid 著

Eric Kincaid 繪

沈品攸 譯

三民書局

Grandpa and Me   ISBN 1 85854 778 4

Written by Lucy Kincaid and illustrated by Eric Kincaid

First published in 1989

Under the title Read to Me Stories

by Brimax Books Limited

4/5 Studlands Park Ind. Estate,

Newmarket, Suffolk, CB8 7AU

地 道

The Tunnel

pick [pɪk]
動 採

berry [`bɛrɪ]
名 漿果（單數）

berries [`bɛrɪz]
名 漿果（複數）

best [bɛst]
形 最好的

grow [gro]
動 生長

Pipkin and Grandma are **picking berries**.
Grandma knows where the **best** berries **grow**.

皮ㄆㄧˊ皮ㄆㄧˊ和ㄏㄢˊ奶ㄋㄞˇ奶ㄋㄞˊ在ㄗㄞˋ採ㄘㄞˇ漿ㄐㄧㄤ果ㄍㄨㄛˇ。
奶ㄋㄞˇ奶ㄋㄞˊ知ㄓ道ㄉㄠˋ最ㄗㄨㄟˋ好ㄏㄠˇ的ㄉㄜ˙漿ㄐㄧㄤ果ㄍㄨㄛˇ長ㄓㄤˇ在ㄗㄞˋ哪ㄋㄚˇ裡ㄌㄧˇ。

quiet [ˋkwaɪət]
形 安靜的

sound [saʊnd]
名 聲音

buzzing [ˋbʌzɪŋ]
名 嗡嗡聲

bee [bi]
名 蜜蜂

It is very **quiet**. The only **sound** is the **buzzing** of the **bees**.

好安靜哦！唯一的聲音是蜜蜂的嗡嗡聲。

suddenly [ˋsʌdn̩lɪ]
副 突然地

another [əˋnʌðɚ]
形 另外的，別的

hear [hɪr]
動 聽到

Suddenly there is **another** sound.

"I can **hear** someone crying," says Pipkin.

忽ㄏㄨ然ㄖㄢ間ㄐㄧㄢ，有ㄧㄡ別ㄅㄧㄝ的ㄉㄜ聲ㄕㄥ音ㄧㄣ。
「我ㄨㄛ聽ㄊㄧㄥ到ㄉㄠ有ㄧㄡ人ㄖㄣ在ㄗㄞ哭ㄎㄨ吔ㄝ！」皮ㄆㄧ皮ㄆㄧ說ㄕㄨㄛ。

4

unhook [ʌn`hʊk]
動 從鉤上取下

look over
遠望

"**Unhook** me please," says Grandma.
"**Look over** there," says Pipkin.

「我ㄨㄛˇ被ㄅㄟˋ鉤ㄍㄡ住ㄓㄨˋ了ㄌㄜ，幫ㄅㄤ幫ㄅㄤ我ㄨㄛˇ！」奶ㄋㄞˇ奶ㄋㄞˊ說ㄕㄨㄛ。
「瞧ㄑㄧㄠˊ那ㄋㄚˋ裡ㄌㄧˇ！」皮ㄆㄧˊ皮ㄆㄧˊ說ㄕㄨㄛ。

5

"We have just come **across** the **road**," says Mother Rabbit. "And Bobby has got left **behind**."

「我ㄨㄛˇ們ㄇㄣˊ剛ㄍㄤ剛ㄍㄤ穿ㄔㄨㄢ過ㄍㄨㄛˋ這ㄓㄜˋ條ㄊㄧㄠˊ馬ㄇㄚˇ路ㄌㄨˋ，」兔ㄊㄨˋ媽ㄇㄚ媽ㄇㄚ說ㄕㄨㄛ。
「但ㄉㄢˋ是ㄕˋ巴ㄅㄚ比ㄅㄧˇ沒ㄇㄟˊ有ㄧㄡˇ跟ㄍㄣ上ㄕㄤˋ來ㄌㄞˊ。」

[pur]
形 可憐的

frightened
[ˋfraɪtn̩d] 形 害怕的

cross [krɔs]
動 穿越

Poor Bobby. He is too little and too **frightened** to **cross** the road by himself.

可ㄎㄜˇ憐ㄌㄧㄢˊ的ㄉㄜ巴ㄅㄚ比ㄅㄧˇ，他ㄊㄚ太ㄊㄞˋ小ㄒㄧㄠˇ了ㄌㄜ，不ㄅㄨˋ敢ㄍㄢˇ一ㄧ個ㄍㄜˋ人ㄖㄣˊ過ㄍㄨㄛˋ馬ㄇㄚˇ路ㄌㄨˋ。

other Rabbit cannot **leave** her babies by themselves. She does not know what to do.

可ㄎㄜˇ是ㄕ兔ㄊㄨˋ媽ㄇㄚ媽ㄇㄚ又ㄧㄡˋ不ㄅㄨˋ能ㄋㄥˊ把ㄅㄚˇ她ㄊㄚ的ㄉㄜ˙寶ㄅㄠˇ寶ㄅㄠˇ留ㄌㄧㄡˊ在ㄗㄞˋ這ㄓㄜˋ兒ㄦ。她ㄊㄚ不ㄅㄨˋ知ㄓ道ㄉㄠˋ該ㄍㄞ怎ㄗㄣˇ麼ㄇㄜ˙辦ㄅㄢˋ才ㄘㄞˊ好ㄏㄠˇ！

"Leave this to me," says Grandma.

"Shout if you see anything coming, Pipkin."

「交ㄐㄧㄠ給ㄍㄟˇ我ㄨㄛˇ吧ㄅㄚ！」奶ㄋㄞˇ奶ㄋㄞˇ說ㄕㄨㄛ。

「如ㄖㄨˊ果ㄍㄨㄛˇ有ㄧㄡˇ什ㄕˊ麼ㄇㄜ風ㄈㄥ吹ㄔㄨㄟ草ㄘㄠˇ動ㄉㄨㄥˋ，要ㄧㄠˋ喊ㄏㄢˇ叫ㄐㄧㄠˋ哦ㄛˊ！皮ㄆㄧˊ皮ㄆㄧˊ。」

glad [glæd]
形 高興的

safe [sef]
形 安全的

pleased [plizd]
形 高興的

Pipkin is **glad** Grandma and Bobby are **safe**.
Everyone else is **pleased** too.

皮ㄆ皮ㄆ很ㄏ高ㄍ興ㄒ奶ㄋ奶ㄋ和ㄏ巴ㄅ比ㄅ都ㄉ安ㄢ全ㄑ了ㄌ。
大ㄉ夥ㄏ兒ㄦ也ㄧ非ㄈ常ㄔ高ㄍ興ㄒ。

brave [brev]
彤 勇敢的

thoughtful
[`θɔtfəl] 彤 深思的

Pipkin tells Grandpa how **brave** Grandma was.
Grandpa looks very **thoughtful**.

皮ㄆ皮ㄆ告ㄍ訴ㄙ爺ㄧㄝ爺ㄧㄝ，奶ㄋㄞ奶ㄋㄞ好ㄏㄠ勇ㄩㄥ敢ㄍㄢ喲ㄛ！
爺ㄧㄝ爺ㄧㄝ看ㄎㄢ起ㄑㄧ來ㄌㄞ若ㄖㄛ有ㄧㄡ所ㄙㄨㄛ思ㄙ的ㄉㄜ樣ㄧㄤ子ㄗ。

Pipkin and Grandpa are busy.
"That looks like a good idea," says Grandma.

皮ㄆㄧˊ皮ㄆㄧˊ和ㄏㄢˋ爺ㄧㄝˊ爺ㄧㄝˊ忙ㄇㄤˊ來ㄌㄞˊ忙ㄇㄤˊ去ㄑㄩˋ。
「這ㄓㄜˋ看ㄎㄢˋ起ㄑㄧˇ來ㄌㄞˊ是ㄕˋ個ㄍㄜˋ好ㄏㄠˇ主ㄓㄨˇ意ㄧˋ呢ㄋㄜ˙！」奶ㄋㄞˇ奶ㄋㄞˇ說ㄕㄨㄛ。

start [start]
勔 開始

the sooner the better 越快越好

"Can we **start** digging now?" says Pipkin.
"**The sooner the better**," says Grandpa.

「我ㄨㄛˇ們ㄇㄣ可ㄎㄜˇ以ㄧˇ開ㄎㄞ始ㄕˇ挖ㄨㄚ了ㄌㄜ嗎ㄇㄚ？」皮ㄆㄧˊ皮ㄆㄧˊ說ㄕㄨㄛ。
「越ㄩㄝˋ快ㄎㄨㄞˋ越ㄩㄝˋ好ㄏㄠˇ呀ㄧ！」爺ㄧㄝˊ爺ㄧㄝˊ說ㄕㄨㄛ。

Everyone **stops** to ask what Grandpa and Pipkin are doing. "**Look at** the **plan**," says Grandpa.

大夥兒都停下來問爺爺和皮皮在做什麼。「看看這個計畫。」爺爺說。

14

Everyone wants to help. Everyone goes home to get something to dig with.

每ㄇㄟˇ個ㄍㄜˋ人ㄖㄣˊ都ㄉㄡ想ㄒㄧㄤˇ幫ㄅㄤ忙ㄇㄤˊ。於ㄩˊ是ㄕˋ，大ㄉㄚˋ夥ㄏㄨㄛˇ兒ㄦ都ㄉㄡ回ㄏㄨㄟˊ家ㄐㄧㄚ拿ㄋㄚˊ了ㄌㄜ˙工ㄍㄨㄥ具ㄐㄩˋ一ㄧ塊ㄎㄨㄞˋ兒ㄦ來ㄌㄞˊ挖ㄨㄚ。

hole [hol]
名 洞

deep [dip]
形 深的

change [tʃendʒ]
動 變成

tunnel [`tʌnl]
名 地道

The **hole** is getting **deeper**. It is **changing** into a **tunnel**. Where is it going?

洞越挖越深，漸漸形成了一條地道。地道通到哪裡去呢？

dark [dɑrk]
形 暗的

lantern [ˋlæntɚn]
名 提燈

light [laɪt]
名 光亮

The tunnel gets longer and **darker**. Grandpa
hangs up a **lantern** to give some **light**.

地ㄉㄧˋ道ㄉㄠˋ越ㄩㄝˋ來ㄌㄞˊ越ㄩㄝˋ長ㄔㄤˊ而ㄦˊ且ㄑㄧㄝˇ越ㄩㄝˋ來ㄌㄞˊ越ㄩㄝˋ暗ㄢˋ。爺ㄧㄝˊ爺ㄧㄝˊ掛ㄍㄨㄚˋ起ㄑㄧˇ一ㄧˋ盞ㄓㄢˇ
提ㄊㄧˊ燈ㄉㄥ來ㄌㄞˊ照ㄓㄠˋ明ㄇㄧㄥˊ。

digging [`dɪgɪŋ]
名 挖掘

digging [`dɪgɪŋ]
名 挖掘

thirsty [`θɜˑstɪ]
形 口渴的

drink [drɪŋk]
名 飲料

tray [tre]
名 盤子

Digging is hard work. Everyone gets **thirsty**.
Grandma comes with **drinks** on a **tray**.

挖ㄨㄚ掘ㄐㄩㄝˊ地ㄉㄧˋ道ㄉㄠˋ是ㄕˋ非ㄈㄟ常ㄔㄤˊ辛ㄒㄧㄣ苦ㄎㄨˇ的ㄉㄜ˙工ㄍㄨㄥ作ㄗㄨㄛˋ。大ㄉㄚˋ夥ㄏㄨㄛˇ兒ㄦ都ㄉㄡ覺ㄐㄩㄝˊ得ㄉㄜ˙
渴ㄎㄜˇ了ㄌㄜ˙。奶ㄋㄞˇ奶ㄋㄞˇ端ㄉㄨㄢ來ㄌㄞˊ一ㄧ盤ㄆㄢˊ飲ㄧㄣˇ料ㄌㄧㄠˋ。

Finally the tunnel is **finished**.
"**Hello** Grandma!" shouts Pipkin.

終於，地道完工了。
「嗨！奶奶！」皮皮喊叫著。

instead [ɪnˈstɛd]
副 反而

instead of
不…而…

ow everyone can go under the road **instead of** over the road.

現在大家都走這條地下道，不需要再穿越馬路了。

ow even the smallest rabbit is safe.

現在，即使是最小的兔子也可以自己過馬路了！

中英對照，既可學英語又可了解偉人小故事哦！

超級科學家系列
SUPER SCIENTISTS

當彗星掠過哈雷眼前，
當蘋果落在牛頓頭頂，
當電燈泡在愛迪生手中亮起……
一個個求知的心靈與真理所碰撞出的火花，
就是《超級科學家系列》！

神祕元素：居禮夫人的故事
電燈的發明：愛迪生的故事
望遠天際：伽利略的故事
光的顏色：牛頓的故事
爆炸性的發現：諾貝爾的故事
蠶寶寶的祕密：巴斯德的故事
宇宙教授：愛因斯坦的故事
命運的彗星：哈雷的故事

網際網路位址　http : // www. sanmin. com. tw

Ⓒ 地　道

著作人　Lucy Kincaid
繪圖者　Eric Kincaid
譯　者　沈品妟
發行人　劉振強
著作財　三民書局股份有限公司
產權人
　　　　臺北市復興北路三八六號
發行所　三民書局股份有限公司
　　　　地址／臺北市復興北路三八六號
　　　　電話／二五〇〇六六〇〇
　　　　郵撥／〇〇〇九九九八——五號
印刷所　三民書局股份有限公司
門市部　復北店／臺北市復興北路三八六號
　　　　重南店／臺北市重慶南路一段六十一號
初　版　中華民國八十八年十一月
編　號　S85526
定　價　新臺幣壹佰柒拾元整
行政院新聞局登記證局版臺業字第〇二〇〇號

有著作權·不准侵害

ISBN　957-14-3069-2（精裝）